EL DUENDE VERDE

ANAYA

Juan Ignacio Luca de Tena, 15. 28027 Madrid
www.anayainfantilyjuvenil.com
e-mail: anayainfantilyjuvenil@anaya.es

1.ª edición, febrero 2003
2.ª impr., octubre 2004
3.ª impr., abril 2005
4.ª impr., julio 2008
5.ª impr., febrero 2009
6.ª impr., noviembre 2009

Diseño: Taller Universo

ISBN: 978-84-667-2475-3
Depósito legal: M. 46980/2009

Impreso en ORYMU, S.A.
Ruiz de Alda, 1
Polígono de la Estación
Pinto (Madrid)
Impreso en España - Printed in Spain

EL DUENDE VERDE

Fernando Claudín

LA BANDA DE PEPO

Ilustración: Fuencisla del Amo

QUERIDO LECTOR

Cualquiera de vosotros puede ser Pepo o alguno de los niños que forman su pandilla, porque los protagonistas de *La banda de Pepo* son personas normales y corrientes: no hacen magia ni emprenden aventuras imposibles ni viven en mundos de fantasía. La vida que llevan es poco más o menos como la vuestra: sencilla, cotidiana. Yo no me he inventado nada. Me he limitado a daros a vosotros, los niños, el espacio de un libro. Por eso en estas páginas encontraréis esas ocurrencias vuestras que tanto hacen reír a los mayores, las trastadas que a veces les enojan más de la cuenta, ternura e ingenuidad, las peleas en las que os enzarzáis tan a menudo, vuestras rivalidades, o los juegos en los que casi siempre participáis con entusiasmo. De modo que, ¡ahí os tenéis a vosotros mismos! ¡Disfrutad de estas líneas que os pertenecen por entero!

Un beso a todos. Os quiero mucho.

J. Claudia di Gidio

A mis hijos
Leonardo y Fabio

1

LA LAGARTIJA

AYER vino Toto a mi casa con la mano metida en el bolsillo del pantalón y me dijo que fuéramos a la tienda de Manolo, el panadero, para gastarle una broma.

Toto es un musculitos porque siempre está haciendo deporte y dice que de mayor será profesional del culturismo. Su padre es juez y quiere que Toto sea por lo menos abogado, pero eso a Toto no le importa.

Yo le miré muy serio, porque como soy el jefe de la banda tengo que mirar muy serio a todo el mundo, y Toto dijo que mis ojos estaban llenos de legañas. Yo no quería pelearme con él, porque me dolía el brazo por la pelea del día anterior con Jorge, y le pregunté qué llevaba en el bolsillo del pantalón.

—¿Qué estás cuchicheando en la puerta? —preguntó mamá, que estaba preparando bacalao con tomate en la cocina.

A mí no me gusta el bacalao, y menos con tomate. Se lo he repetido cien veces, pero mamá dice que comeré lo que ella me ponga.

—¡Bah, me voy, tú te lo pierdes! —dijo Toto, y se alejó sin sacar la mano del bolsillo.

Fui detrás de él y le empujé, porque como soy el jefe de la banda de vez en cuando tengo que poner orden. Toto se tropezó y del bolsillo de su pantalón salió corriendo una lagartija.

—¡Mira lo que has hecho! —gritó Toto.

Nos pusimos a perseguir a la lagartija.

—Lo has estropeado todo —dijo Toto, muy enfadado, porque se había encontrado la lagartija en el descampado y quería gastarle una broma a Manolo, que siempre nos está tomando el pelo.

—Déjame, yo lo arreglo —le dije.

Como la lagartija se había metido en el agujero de una valla, cogí un palo y lo metí por el agujero. El agujero era muy profundo y tuve que meter todo el palo, que era muy

largo. Toto se había puesto a dar saltos, como hacen los atletas en las Olimpiadas.

Vino Jesús, que, como es el hijo del director, es muy útil en la banda porque tiene mucha influencia.

—¿Qué estáis haciendo? —preguntó.

—¿A ti qué te importa? —dijo Toto, sacándole la lengua.

Yo iba a preguntarle a Jesús si sabía qué comen las lagartijas, para engañar a la lagartija y atraparla, pero no me dio tiempo, porque la lagartija no parecía dispuesta a convertirse en mi prisionera y salió del agujero a toda prisa.

—¡Allí está! —gritó Toto, y se fue detrás de la lagartija.

—Os debería dar vergüenza torturar a los animales —dijo Jesús, a quien, como su padre es el director del colegio, le gusta mandar mucho. Yo le dije que se callara, que por algo soy el jefe.

Toto atrapó a la lagartija.

—Dámela —dije yo, poniéndome serio.

—Vamos a ver a Manolo —dijo Toto.

Yo no quería ir a ver a Manolo para gastarle una broma porque es bueno con mamá y le fía cuando está justa de dinero, y a mí me regala bollos.

Le quité a Toto la lagartija y él me miró enfadado y me dio la espalda.

—Os voy a denunciar a la Sociedad Protectora de Animales —dijo Jesús.

—Cállate, cara de sapo —dije yo.

Jesús se puso de todos los colores y se quitó las gafas, porque se le habían empañado, y me dijo que se chivaría a su padre. El padre de Jesús es el director del colegio.

Entonces vino Pedro, que vive al lado de mi casa y es el más alto de todos porque juega al baloncesto y se le han estirado los huesos. Cuando vio a Jesús de todos los colores, me preguntó qué estábamos haciendo.

—Vamos a ver a Manolo —dijo Toto, enseñándole a Pedro la lagartija, que parecía muy mareada, porque Toto no paraba de agitarla.

Es bárbaro Toto, podría tumbar de un puñetazo a un elefante, aunque en realidad agitar a una lagartija es bastante fácil.

Cuando Jesús volvió a ponerse las gafas y vio que Toto estaba agitando a la lagartija, empezó a gritar, porque, como es el hijo del director del colegio, le gusta mucho montar barullo para llamar la atención.

Salió el padre de Pedro, que es mecánico y siempre está manchado de grasa, y nos preguntó a qué venía tanto ruido.

—Pedro está torturando a una lagartija y le voy a denunciar a la Sociedad Protectora de Animales —dijo Jesús, poniendo cara de comandante de artillería.

—Yo no he sido —dijo Pedro, dándole un pisotón para que se callara.

—Es verdad, ha sido Toto —dije yo.

—¡Eres un cochino acusica! —gritó Toto, y se tiró encima de mí y la lagartija se cayó al suelo y Jesús la recogió.

—¡Aquí está el cuerpo del delito! —dijo Jesús, levantándola bien alto para que la pudiera ver el padre de Pedro.

—La podríamos disecar —dijo Pedro.

—¡Eso! —dijo Toto, quitándole la lagartija a Jesús—. La disecaré y la clavaré en la pared de mi habitación para que se vea bien.

Es bárbaro Toto, si por él fuera también disecaba a Jesús y le clavaba en la pared de su habitación.

—Será mejor que me quede yo con la lagartija —dijo el papá de Pedro, quitándole la lagartija a Toto—. La verdad es que me viene bien para mi colección de animales disecados.

—¡Es mía, yo la encontré en el descampado! —gritó Toto.

—Os voy a denunciar a todos —dijo Jesús.

—Podéis hacer lo que queráis —dije yo, que ya empezaba a aburrirme de la lagartija. Le di un coscorrón a Jesús, y Jesús se puso a gritar con todas sus fuerzas y vino mamá a ver qué pasaba.

Jesús no paraba de gritar y de llorar, y se le habían vuelto a empañar las gafas.

—¿Qué está ocurriendo aquí? —preguntó mamá.

—La culpa es de mi padre, porque le ha robado a Toto su lagartija —dijo Pedro.

Jesús se limpió las gafas con un pañuelo y miró a mamá muy serio.

—¿Usted es la mamá de Pepo? Pues quiero decirle que su hijo es un abusón y no para de pegarme.

Mamá se puso roja como un tomate y me mandó que entrara en casa. Por el chivato de Jesús me tuve que quedar encerrado el resto de la tarde. Es injusto. Al final el padre de Pedro se quedó con la lagartija. Me lo dijo Pedro desde la ventana.

Los adultos siempre se salen con la suya.

2

EL CUMPLEAÑOS DE SUSANA

SUSANA nos invitó a su casa por su cumpleaños. Susana tiene trenzas, y su madre le pone faldas rojas y por eso se parece a Caperucita roja.

Santiago se había empeñado en explotar todos los globos, y Susana le regañó.

—Si es tu cumple tienes que dejarme hacer lo que quiera —dijo Santiago, que tiene muy mal genio porque dice que su padre, que es capitán de barco y nunca está en casa, le ha encargado que cuide de su mamá, porque ahora Santiago es el hombre de la casa.

—Esta es mi casa y hago lo que me da la gana —dijo Susana, y le dio una patada en la espinilla a Santiago que le dolió mucho porque se puso a hablar en sueco.

Susana es muy fuerte, aunque es chica, y por eso es miembro de la banda.

—Deberíamos llamar a un intérprete para que traduzca a Santiago —dijo Toto.

Carlos se estaba poniendo morado. Se había comido él solo cinco trozos de tarta y tenía restos de tarta en el pantalón y en la camisa.

Matías, ni corto ni perezoso, le quitó el trozo de tarta que se estaba comiendo.

—¿Qué haces? —preguntó Carlos, empujándole.

—Estoy cogiendo el trozo de tarta que me corresponde —dijo Matías.

—¿Dónde está mi tarta? —preguntó Jesús, que, como no ve bien, no se había enterado de que había tarta.

—Se la ha comido este tragón —dijo Jorge, señalando a Carlos.

—Sois unos envidiosos —dijo Carlos.

José y Toto habían cogido las muñecas de Susana y se lo estaban pasando bomba desarmándolas.

—Yo también quiero jugar —dijo Jorge, a quien, como es hermano mellizo de José, le gusta hacer todo lo que hace su hermano.

—Susana, estos bestias están rompiendo tus muñecas —dijo Aurora, que es una empollona.

Cuando Susana vio lo que estaban haciendo José y Toto con sus muñecas se enfadó tanto que parecía salirle humo de las orejas.

Como yo soy el jefe de la banda les mandé a Toto y a José que arreglaran las muñecas, pero no me hicieron caso.

—Eres un aguafiestas —dijo Toto, y me hizo muecas.

—Tengo hambre —dijo Santiago.

Pedro abrió el armario de Susana y estuvo revolviéndolo un buen rato para ver si encontraba algo interesante. El suelo de la habitación se llenó de cachivaches.

—No sabía que las niñas tuvieran tantas tonterías en su armario —dijo Carlos, que, como ya no quedaba más tarta, se estaba aburriendo como una ostra.

Aurora nos miraba muy indignada.

Carlos se tropezó y se cayó contra el armario, que era muy debilucho, y el armario se inclinó y la ropa y los trastos de Susana se esparcieron por el suelo.

Era divertidísimo. Nunca imaginé que lo pudieras pasar tan bien en el cumple de una chica.

También se apagó la luz, porque el armario no se olvidó de romper la lámpara que colgaba del techo antes de tumbarse en el suelo, encima de nosotros.

Susana no paraba de hacer sonidos extraños con la boca, de tan furiosa como estaba.

Ahora que se había caído el armario y no había luz, nos quedamos todos callados, y solo se oían los sonidos extraños que hacía Susana, porque estaba tan enfadada que no le salían las palabras.

—Creo que se me ha partido la clavícula —dijo Santiago.

—¿Qué hacemos? —preguntó Matías.

—Estoy empapado —dijo Jorge—. Se ha roto la botella de colonia y me he mojado el pantalón.

—Por lo menos hueles bien —dijo Pedro.

No sabíamos qué hacer. Estábamos atra-

pados debajo del armario y no nos podíamos mover.

—Tenemos que llamar a la mamá de Susana —dijo Aurora.

José no dejaba de llorar y decía que se le había roto un dedo y que tuviéramos cuidado de no pisarlo cuando nos levantáramos para que su padre se lo pegara cuando fuera a casa, porque su padre es restaurador de muebles y él sabría pegar bien en su sitio el dedo.

—Pues a mí se me ha caído un ojo y solo veo por el derecho —dijo Matías, que tras hacer ese descubrimiento se puso a gimotear.

Todos nos contagiamos de Matías y empezamos a llorar como si fuera el fin del mundo.

Cuando vino la madre de Susana y nos encontró a oscuras y con la habitación patas arriba, se puso a chillar y le dijo al papá de Susana que si había un terremoto.

—¿Pero qué es todo esto? —dijo el papá de Susana.

Todos nos olvidamos de llorar y solo se oyeron los sonidos extraños que hacía Susana de puro rabiosa.

—Esto es de locos —dijo la mamá de Susana—. Es la última vez que invito a esta pandilla de animales.

—¿Qué ha pasado con la luz? —preguntó el papá de Susana, que por la voz que tenía parecía estar muy nervioso.

No nos pudimos contener más y volvimos a llorar como si fuera el fin del mundo.

La mamá de Susana vino con una especie de candelabro, como los que salen en las películas de castillos y fantasmas, y nos iluminó a todos.

—¿Se puede saber qué locura es esta? —dijo la mamá de Susana, con una voz que nos asustó, haciendo que lloráramos todavía más fuerte.

Nunca olvidaré la cara de los papás de Susana cuando levantaron el armario y nos liberaron. ¡Me hicieron sentir como si yo fuera un delincuente peligroso!

Los padres de Susana son unos desagradecidos. Deberían estar contentos de que fuéramos al cumpleaños de Susana, el cumpleaños de una chica.

¿Qué se puede esperar del cumpleaños de una chica?

3

La abuela de Santiago

COMO acepté que Santiago formara parte de la banda, él estaba muy contento y nos invitó a su casa para celebrarlo. Es un buen chico Santiago, por eso puede ser de la banda.

Su padre navega por todos los mares, porque es capitán de barco, y nunca está en casa, y Santiago es el hombre de la casa, como le dice su padre en las cartas que le manda. Un hombre de la casa es bueno para una banda.

Nos lo empezamos a pasar fenomenal, porque la madre de Santiago sacó una bandeja llena de chocolatinas y además había preparado arroz con leche.

—Ahora os dejo solos —dijo la mamá de Santiago—. Tengo que ir al mercado. Espero que os portéis bien.

—No se preocupe, señora —dijo Carlos, que se acababa de meter tres chocolatinas a la vez en la boca y tenía una voz que se parecía a la del ogro de Pulgarcito.

—Os dejo con la abuela —dijo la mamá de Santiago, y se fue.

Santiago nos dijo que su abuela está más sorda que una tapia y que podíamos gritar todo lo que quisiéramos, porque no nos oiría.

—Abuela, ¿sabes de qué color era el caballo blanco de Santiago? —le preguntó Matías a la abuela de Santiago, para ver si era verdad que estaba sorda. La abuela de Santiago miró a Matías muy seria y no dijo nada.

Aurora dijo que a la gente mayor hay que dejarla en paz.

—Tú cállate, listilla —dijo Pedro.

—Voy a ver si a mí me oye —dijo Toto—. ¡Abuela!, ¿dónde se jugaron los mundiales de fútbol de mil novecientos ochenta y dos? —gritó Toto cerca de la oreja de la abuela de Santiago.

—¿Eh? —dijo la abuela de Santiago, poniéndose la mano junto a la oreja.

—Deja a mi abuelita tranquila —dijo Santiago.

—Podríamos sacarla a bailar —dijo Pedro.

—Voy a poner música —dijo Santiago.

Cuando empezó a sonar la música, una música muy marchosa, los mellizos levantaron educadamente a la abuela de Santiago de su asiento y empezaron a bailar con ella. ¡Qué gracia tiene la abuela de Santiago! ¡Es colosal! Nunca había visto a nadie divertirse tanto. No paraba de dar vueltas y giraba las manos y zapateaba en el suelo como hacen los bailadores de flamenco que he visto en la televisión.

Jesús, a quien, como es el hijo del director del colegio, siempre le gusta fastidiar, dijo que no estaba bien faltarle al respeto a una pobre anciana.

—¿Quién le está faltando al respeto? —dijo Aurora.

Jesús dijo que llamaría a su padre para decirle que estábamos faltando al respeto a la abuela de Santiago.

—Cállate, memo —dijo Susana, y le sacó la lengua.

Cuando nos quisimos dar cuenta, Carlos se había comido todas las chocolatinas y no había dejado nada para los demás.

—Eres un tragón —dijo Santiago—. Debería darte vergüenza. ¿Para eso has venido a mi casa? Si lo sé, no te dejo entrar.

—Yo soy un invitado como cualquier otro y tengo derecho a comer lo que me dé la gana —dijo Carlos.

—Abuela, ¿no se cansa nunca? —dijo Jorge, que estaba sudando de tanto bailar con la abuela de Santiago.

—Yo estoy mareado, abuela —dijo José, que, como es hermano mellizo de Jorge, siempre piensa las mismas cosas que Jorge.

—Tu abuela parece un portaaviones —dijo Matías—. Si no la paramos, nos vamos a quedar molidos de tanto bailar.

—¡Es un encanto! —dijo Aurora.

—Es divertidísima —dijo Susana.

Tenía razón Susana, la abuela de Santiago es colosal.

Además de sorda creo que es cegata, porque no hacía más que tropezarse con todo el mundo. A mí me había dado tres pisotones, y a Jesús le había estampado contra la pared sin darse cuenta.

Toto se había sentado en una silla. Estaba enfadado. Parecía deprimido.

Matías, a quien, como su padre es árbitro de fútbol, le gusta mandar, cogió de la cocina una cacerola y una cuchara y se puso a dar golpes, como si se creyera un indio salvaje.

—¡Se acabó el baile, vamos a jugar! —gritó.

Aurora se acercó a él con cara de pocos amigos.

—Déjanos en paz, berzotas —le dijo.

Jesús estaba colorado y dijo que parecíamos una banda de delincuentes.

—Estoy agotado —dijo Santiago, sudando a chorros.

También Jesús estaba sudando y las gafas se le habían empañado. Se las quitó y empezó a limpiarlas con su pañuelo, en el que su madre ha bordado una jota de Jesús en las esquinas.

Cuando llegó la mamá de Santiago estábamos todos más cansados que cuando jugamos un partido de fútbol. Nos habíamos tirado por el suelo, y Carlos se había quedado dormido. Pero la abuela de Santiago seguía bailando y no paraba de darnos pisotones. ¡Es colosal la abuela de Santiago!

A veces no entiendo a los adultos porque cuanto más adultos son, más niños parecen.

4

MATÍAS TIENE UN GATO CARDÍACO

LE he llevado las notas a papá. No eran muy malas, solo tenía un cero, en matemáticas, pero papá se enfadó mucho y me dijo que cuando sea mayor no llegaré a ser nada y me saldrán telarañas en los bolsillos y tendré que ir a comer a los comedores de la beneficencia. Después me castigó sin salir en toda la tarde.

Me tumbé en la cama y estuve inspeccionando el techo de mi habitación por si encontraba alguna telaraña. Es un asco que papá diga que de mayor no seré nada.

Pero al día siguiente estaba decidido a pasármelo fenomenal, y me encontré con Matías, a quien, como su padre es árbitro de fútbol, le gustan mucho los bichos y tiene una colección de escarabajos a los que les ha clavado un alfiler para que no se muevan.

—¿Qué vas a hacer hoy? —dijo Matías.

—No lo sé, pero quiero pasármelo fenomenal, porque ayer mi padre me dijo que me van a salir telarañas en los bolsillos cuando sea mayor y me encerró en mi cuarto toda la tarde.

Matías es el último de la clase y siempre lleva ceros a casa, pero su padre no le dice que tendrá que ir a comedores de la beneficencia cuando sea mayor, porque, como es árbitro de fútbol, bastante tiene con defenderse de los hinchas, que le tiran de todo en el estadio y le llaman perro carroñero o cosas peores.

—¿Por qué no vienes a mi casa? —dijo Matías.

Me pareció buena idea ir a casa de Matías.

Al pasar delante de la tienda de deportes de Conrado, nos asomamos y le sacamos la lengua y le hicimos muecas. Conrado no es muy simpático. Una vez Carlos le robó una pelota de tenis y Conrado le denunció a la policía. Si le llega a robar la raqueta, Carlos se habría convertido en el delincuente más peligroso del país, y todo porque Conrado nos tiene manía.

La mamá de Matías tenía unas ojeras muy grandes. Yo pensé que era por los disgustos que le da el papá de Matías, porque árbitro de fútbol es la profesión más arriesgada del mundo, más que bombero y paracaidista.

—Ah, veo que has traído a tu amiguito Pepo. Pasad, pasad, os prepararé una tarta de manzana —dijo la mamá de Matías.

La cosa empezaba bien. La tarta de manzana está de miedo, y la mamá de Matías la hace de vicio.

Cuando teníamos la barriga llena de tarta de manzana, Matías me llevó a su habitación. Sobre su cama había un gato enorme que me miró con cara de pocos amigos.

—No sabía que tuvieras un gato —dije yo.

—Se llama Cucho —dijo Matías—. No se lo enseño a nadie porque es muy viejo y además es cardíaco. El lunes vio un ratón y le dio otro infarto y le tuvimos que llevar al hospital.

Como Matías es bastante embustero, no me creí nada de lo que decía.

—Eres un trolero —dije yo.

—Es verdad, Pepo. Mira, Cucho es blanco, pero en el pecho tiene una mancha gris con forma de corazón, y el veterinario dice que por eso es cardíaco.

—¿Y qué pasa si le doy un buen susto? —dije yo.

Cucho pegó un bote y se quedó tieso.

Matías se acercó a su gato, lo miró un rato y se puso a llorar.

—¡Se ha puesto malito al oírte, salvaje! —dijo.

—¡Pero si yo no he hecho nada! —me defendí.

Miramos y remiramos al gato de Matías, pero nada, seguía rígido.

—Le ha dado otro infarto. Eres un bestia por tener malos pensamientos —dijo Matías.

—¡Cállate, todavía podemos salvarle! —dije yo, poniéndome serio, para que recordara que soy el jefe de la banda—. ¿No recuerdas las lecciones de primeros auxilios que nos dio el director?

Me puse a apretar el pecho del gato de Matías donde tenía la mancha gris.

—Ya se está despertando —dije.

Matías miró con mucho interés lo que yo estaba haciendo.

—Yo creía que esas lecciones del director no servían para nada —dijo.

No sé si fue por mis masajes de primeros auxilios o porque Cucho nos estaba tomando el pelo, pero el caso es que se recuperó del infarto.

—¿Lo ves? Ya está bien.

—¡Ha resucitado! —dijo Matías, y abrazó a su gato como si fuera algo muy especial.

Yo no me había quedado contento, porque pensaba que Cucho se había quedado con nosotros y, como me estaba aburriendo, decidí hacer algo.

—Tu gato es tan mentiroso como tú. No le ha dado ningún infarto, estaba disimulando —dije.

—No llames mentiroso a Cucho —dijo Matías.

Saqué del bolsillo del pantalón el mechero que había encontrado en la cocina de mi casa.

—Mira lo que tengo —dije.

—Vaya tontería —dijo Matías.

—¿Por qué no le asustamos de verdad? —propuse, en broma, claro, solo para fastidiarle.

—¿Y por qué no te tiras por un barranco? —contestó Matías, resoplando como los caballos.

Cucho, como si se oliera problemas, se había puesto a maullar y se marchó corriendo.

Matías estaba tan molesto que salió de la habitación y le dijo a su madre que soy un tipo peligroso por tener malos pensamientos.

La mamá de Matías vino corriendo. Yo me había metido debajo de la cama de Matías y había metido a Cucho conmigo, para reconciliarme con él.

—¿Lo ves, lo ves, mamá? —dijo Matías.

—¿Dónde está tu amiguito? —dijo la madre de Matías.

Fue terrible. Nunca lo había pasado tan mal. ¿Se puede uno sentir tan culpable solo por haber tenido malos pensamientos, como decía Matías?

No me atreví a salir de mi escondite hasta que llegó el papá de Matías. Cucho se había quedado dormido en mis brazos. Tenía que irme cuanto antes. Además mamá ya había venido tres veces preguntando por mí, porque la madre de Matías le había dicho por teléfono que soy un pirómano y que quería quemar a Cucho.

Las madres tienen demasiada imaginación. Si por ellas fuera, todos seríamos criminales peligrosos.

Salí por la ventana de la habitación de Matías y salté a la calle. Matías estaba cenando con sus padres.

Cuando eres un criminal como lo era yo en ese momento, siempre cometes algún error que te delata. El mío fue volver para buscar el mechero, porque no quería dejar en la escena del crimen la prueba del delito, como dice Jesús.

Cuando entré en la habitación de Matías por la ventana, tuve la mala suerte de pisar la cola de Cucho, y Cucho dio un maullido terrible. En un santiamén me vi rodeado por Matías y sus padres, que me señalaban con el dedo como si yo fuera el delincuente más peligroso del país.

¿Por qué será que los criminales volvemos siempre a la escena del crimen y nos acaban pillando?

5

SE INUNDA LA CASA

PAPÁ y mamá se habían ido al cine. No me habían dejado ir con ellos porque decían que era una película para adultos. Mejor, porque así pude invitar a toda la banda para pasárnoslo bomba.

Como hacía buen tiempo, salimos al jardín.

—¡Vamos a jugar a los bomberos! —dijo Pedro, y cogió la manguera que usa papá para regar las plantas.

—Yo hago de víctima —dijo Aurora, asomándose a la ventana de mi habitación.

—Yo también hago de víctima —dijo Susana, y se fue con Aurora para asomarse a la ventana de mi habitación.

—Yo soy el capitán de bomberos —dijo Toto—, porque llevo una gorra con inscripciones.

—Yo seré el capitán —dije yo—, que por algo estoy en mi casa, y además soy el jefe de la banda.

Le quité la gorra a Toto y me la puse.

—Yo prefiero jugar a los vaqueros —dijo Carlos, que se estaba comiendo un emparedado de bonito que había encontrado en la nevera.

Los mellizos trajeron la escalera de madera que papá usa para arreglar el tejado y la apoyaron junto a la ventana de mi habitación. Susana y Aurora se pusieron a gritar. Hacían fenomenal de víctimas.

—¡Yo me pido la manguera! —dijo Santiago, y se la quitó a Pedro.

—Es un juego muy peligroso —dijo Jesús.

—¡Cállate, memo! —dijo Matías.

Jesús se quitó las gafas con mucha paciencia, digo con mucha indiferencia.

—Hay que salvar a las víctimas —dije yo.

—Yo me he pedido ser el capitán de bomberos —dijo Toto, quitándome su gorra.

Es un rollo jugar con la banda porque nunca nos ponemos de acuerdo.

Susana y Aurora no paraban de gritar en la ventana de mi habitación.

—¡Fuego, fuego! —decían a la vez.

Ellas sí que estaban haciendo bien su papel de víctimas.

Jorge y José, que son hermanos mellizos y siempre hacen las mismas cosas, empezaron a subir por la escalera.

—¡Ya os salvamos! —dijo Jorge.

—¡Eso! —dijo José, que, como es hermano mellizo de Jorge, solo sabe repetir lo que dice Jorge. Es un rollo tener un hermano mellizo.

Carlos se había terminado el emparedado de bonito y había sacado de la nevera una tarta de hojaldre que había preparado mamá para el postre de la cena. Carlos se sentó junto a un árbol y le dio cinco mordiscos seguidos a la tarta de hojaldre.

—¿Qué estás haciendo? —dije yo—. ¡Esa tarta es para mí!

—No me gusta jugar a los bomberos, prefiero jugar a los vaqueros —dijo Carlos, dando otros cinco mordiscos a mi tarta de hojaldre.

—Te digo que esa tarta es para mí —dije yo—. ¿Quién te ha dado permiso para abrir la nevera?

—Eres un aguafiestas —dijo Carlos—. No debes tratar así a tus invitados.

Quería pegarle una paliza a Carlos, pero Matías, que había cogido la manguera y había abierto la llave del agua, me enchufaba con la manguera y estaba poniéndome perdido de agua.

—Ahora yo soy el capitán de bomberos —dijo Matías, riéndose como un descosido.

Le quité la manguera.

—¡Socorro, socorro, fuego! —gritaban Aurora y Susana, que hacían muy bien su papel de víctimas.

Los hermanos mellizos habían subido por la escalera hasta la mitad.

—Esto se mueve demasiado —dijo Jorge.

—Nos vamos a caer —dijo José.

—¡Vaya bomberos cobardicas! —dijo Toto, y empezó a subir por la escalera.

Pedro cogió el cubo que usa mamá para la colada y lo llenó de agua.

—Yo me encargo de apagar el fuego —dijo Pedro, y lanzó el agua del cubo hacia la ventana de mi habitación, pero el agua no llegó hasta la ventana, porque por el camino se en-

tretuvo empapando a los hermanos mellizos y a Toto.

—Eres un bombero de pacotilla. ¿Dónde te han dado la licencia? —le dijo Matías a Pedro.

—Aquí va a pasar algo muy grave —dijo Jesús, que había trepado a un árbol para observar el panorama.

—¡Cállate! —le dije.

—¡Dejadme sitio, que voy! —dijo Santiago, subiéndose a la escalera.

La escalera chirriaba. Estaba soportando demasiado peso. Pensé que, si se rompía, papá me iba a castigar sin salir a la calle durante tres días por lo menos.

—¡Bajad de mi escalera! ¡Es mía! —grité.

Yo creo que a veces los pensamientos son una premonición, porque se rompió un peldaño de la escalera y Jorge se pegó un batacazo de miedo.

—Ya somos menos —dijo Santiago.

—Solo sobreviven los mejores —dijo Toto, que trataba de adelantar a José.

Jorge se puso a llorar. Dijo que se había lesionado una pierna y que le tendrían que escayolar.

—Luego te llevamos al hospital —dijo Matías.

—Os habéis vuelto locos —dijo Jesús desde el árbol.

Aurora y Susana gritaban mucho. Hacían fenomenal su papel de víctimas.

La escalera no paraba de temblar, como si le hubiera dado una tiritona.

—¡Bajad de mi escalera! —grité, y les enchufé con la manguera.

José, Toto y Santiago se llenaron de agua hasta las cejas, pero no querían bajar.

—Eres un mal capitán de bomberos —dijo Santiago—. ¿Vas a dejar que a estas dos pobres mujeres las devoren las llamas?

Pedro cogió el cubo que mamá usa para la colada, lo llenó de agua y lanzó el agua hacia la ventana de mi habitación. Esta vez el agua llegó hasta Susana y Aurora, porque Pedro había tomado carrerilla.

—¡Premio! —dijo Matías.

—Soy un buen profesional —dijo Pedro.

—Ya está bien. No me gusta este juego —dije yo, porque empezaba a darme cuenta de que estábamos haciendo una trastada de las gordas.

—¡Allá voy! —dijo Toto, empujando a José, que no se atrevía a seguir subiendo por la escalera.

José perdió el equilibrio y se cayó junto a Jorge, porque, como son hermanos mellizos, les pasan las mismas cosas.

—Me he fracturado la tibia —dijo José, y se puso a llorar abrazándose a Jorge, que también lloraba.

—Voy a llamar al ejército para que os detenga —dijo Jesús desde el árbol.

—¡Fuego, fuego, socorro! —decían Aurora y Susana, que se habían tomado muy en serio su papel de víctimas.

—¿Qué pasa aquí? —dijo el padre de Pedro, mirándonos por encima del seto que separa las dos casas.

—Hay un incendio en casa de Pepo —dijo Pedro, porque le gusta tomar el pelo a su padre.

El padre de Pedro se puso rojo como un pimiento rojo.

—No os mováis, vengo enseguida —dijo, y volvió con una manguera como la de papá.

—¡Socorro, fuego, socorro! —gritaban Aurora y Susana.

El padre de Pedro, que es mecánico y siempre está manchado de grasa, enchufó su manguera hacia la ventana de mi habitación. Salía un chorro de agua enorme, no como el de la manguera de papá, que es un chorro de pacotilla.

—¡No os preocupéis, niñas! —gritó el papá de Pedro, mirando muy preocupado a Susana y a Aurora.

Susana y Aurora, ahora que se estaban bañando de lo lindo con el enorme chorro de agua de la manguera del papá de Pedro, se reían como locas y se habían olvidado de su papel de víctimas.

¡Es bárbaro el papá de Pedro! Gracias a él, cuando llegaron papá y mamá y encontraron la casa inundada, no me regañaron ni me castigaron, y me preguntaron si me encontraba bien.

A veces es bueno tener vecinos.

6

LAS COSAS DE PAPÁ

HOY no he ido al colegio porque hay una epidemia de piojos. Matías, Santiago y Carlos tienen piojos, y mamá piensa que sus piojos se pueden convertir en mis piojos.

Después de desayunar mamá llamó al señor Ángel, el peluquero, para que vea si tengo piojos, porque dice que a ella le dan mucho asco esas cosas.

El señor Ángel tiene una cabeza enorme y siempre está fumando un puro. Entró en mi habitación y me dio un cachete en la cara.

—¿Qué tal, chaval? —dijo, y me llenó los ojos y la nariz con el humo de su puro.

El señor Ángel acercó su enorme cabeza a la mía, y me dije que si él tuviera piojos sería fácil que me los pasara, porque su cabeza parece la pista de despegue de un aeropuerto. Pero a mamá no se le ha ocurrido pensar que el señor Ángel pueda tener piojos. Será porque es un adulto.

El señor Ángel me puso su mano sobre la cabeza. Tiene la mano llena de anillos. Parece un indio de los que salen en las películas del Oeste.

Me hacía cosquillas el señor Ángel rascándome la cabeza con sus largas uñas, que son más largas que las de mamá, aunque no se las pinta de rojo. Sería gracioso ver al señor Ángel con sus largas uñas pintadas de rojo.

La uña del dedo meñique del señor Ángel es tan larga y puntiaguda que parece un destornillador. Cuando mamá va a su peluquería, siempre tengo miedo de que el señor Ángel le meta a mamá su uña destornillador por un ojo. ¡Y luego dicen que los niños somos raros! A mí nunca se me ocurriría tener una uña destornillador en el dedo meñique.

—No tienes piojos, pero no te vendría mal un corte de pelo. Espero verte pronto por la peluquería —dijo el señor Ángel, y me dio otro cachete en la mejilla.

—Entonces es mejor que no vayas al colegio —dijo mamá.

Tiene gracia, mamá nunca me había prohibido que fuera al colegio. Empiezo a pensar que las mamás nunca tienen las ideas claras.

No sabía qué hacer. Estaba más aburrido que una ostra. No me queda ningún juguete por romper, y los juguetes rotos son una lata. El libro que me ha regalado tío Enrique lo he leído doscientas veinticuatro veces, para que luego diga papá que nunca leo y de mayor seré un analfabeto y tendré que firmar los cheques poniendo una equis. No se le ha ocurrido pensar a papá que si siendo analfabeto me puedo permitir firmar cheques, significa que soy un lumbreras.

Me tumbé en la cama y estuve resoplando un rato. No había telarañas en el techo de mi habitación, lo cual sería entretenido.

Mamá no había ido a trabajar, para cuidarme, y estaba en la cocina preparando un potaje de garbanzos. Me dan asco los garbanzos, pero ella dice que debo comer de todo para crecer sano, y cuando la desobedezco y mamá se pone seria es peor que una película de miedo y que las pesadillas.

Entonces se me ocurrió una idea genial para pasármelo bomba. Papá tiene un despacho y yo nunca puedo entrar allí porque papá lo cierra con llave, pero mamá había limpiado el despacho y se había dejado la puerta abierta.

Salí al pasillo y vi que mamá estaba muy atareada en la cocina pelando patatas. Me metí en el despacho de papá. Es fenomenal, papá tiene un montón de papeles y muchas plumas y trastos que no sirven para nada, pero que son muy chulos. Además tiene la figura de un caballo de bronce. Papá dice que de joven podría haber sido un campeón montando caballos. ¡Es colosal papá!

La esfera con el mapamundi no tenía gracia. Estaba abollada en Europa y Australia. Seguramente papá le pega puñetazos para entrenarse, porque dice que cuando era joven podría haber sido campeón de boxeo.

Me puse a abrir los cajones y encontré un calcetín sucio. No me extraña, porque papá es un poco despistado. Un día salió a la calle con un zapato de cada color, y el padre de Pedro se echó a reír.

Descubrí que papá tiene tinta de todos los colores. Cogí un cuaderno en el que ponía «Contabilidad de la casa» y que estaba lleno de números y tachaduras. Pensé que no servía para nada y arranqué unas cuantas hojas para probar las tintas de colores. Manchan demasiado las tintas de papá, no sé para qué las quiere. Enseguida me puse perdido.

Papá tiene una espada en su despacho, colgada en la pared. Dice que la compró en Toledo antes de casarse. La usó una vez para pelearse con el padre de Pedro.

—Pepo, ¿qué haces? —preguntó mamá desde la cocina.

—Estoy bien, mamá —dije yo.

Papá tiene un ordenador como el de Aurora, pero a mí no me deja usarlo. Dice que soy un manazas y que cuando sea mayor ninguna mujer se querrá casar conmigo.

Cogí algunos diccionarios muy grandes que tiene papá y los puse en el suelo, me subí encima de los diccionarios y estuve revolviendo los estantes. Allí papá tiene cosas colosales. No sé por qué mamá me dice que no guarde trastos en mi habitación.

En el último estante había un coche muy chulo, como los que hay en la tienda de Conrado, pero no alcanzaba a cogerlo. Di un salto y me quedé colgando de la estantería. Solo tenía que escalar un estante para coger el coche. Subí un poco más. ¡Ya era mío el coche! Era formidable. Parecía de verdad, pero en pequeño.

—¡Ya lo tengo! —dije, pero no tuve mucha suerte, porque la estantería se separó de la pared y me pegué un tortazo de miedo y se salieron todas las cosas que papá guarda en los estantes y se volcaron los tinteros de colores que papá tiene en la mesa. No deberían hacer las estanterías tan debiluchas, porque luego ocurren estas cosas y a los niños nos echan la culpa de todo.

Mamá vino corriendo y se llevó las manos a la cabeza y se puso a gritar y a tirarse de los pelos y dijo que debería haber ido al colegio, porque soy peor que la peor plaga de piojos.

Las mamás nunca se aclaran.

7

Las trenzas de Susana echan chispas

PAPÁ dice que nunca encontraré una mujer que se quiera casar conmigo, pero Susana me ha dicho que quiere ser mi novia y que cuando seamos mayores nos vamos a casar y tendremos doce hijos y les llamaremos como los doce meses del año.

Tiene unas trenzas muy bonitas Susana.

—Yo también te quiero mucho —le dije a Susana.

Susana dijo que el día de la boda se va a poner el vestido más bonito del mundo.

Tengo que pensar seriamente en lo de la boda, porque no está bien visto que el jefe de una banda se case y tenga doce hijos que se llamen como los doce meses del año.

—Nos tenemos que dar un beso —dije yo.

—Eso cuando nos casemos —dijo Susana, y agitó sus trenzas, que son tan rubias que cuando se mueven parece que echan chispas y por eso yo me he enamorado de Susana.

Estábamos caminando por el parque que hay al lado de donde vive Susana, y la madre de Susana nos miraba mucho.

—Tu mamá es una espía —dije yo.

—Se preocupa por mí —dijo Susana, que quiere mucho a su mamá, casi tanto como yo a la mía, pero no me convenció de que su madre no es una espía.

—Vamos a escondernos —dije yo.

Susana me sacó la lengua y me dio un caramelo.

—Es mi primer regalo de bodas —dijo Susana, y yo pensé que empezaba bien nuestro matrimonio y que, si lo hubiera sabido antes, le habría pedido que nos casáramos para que me hiciera muchos regalos.

Nos escondimos detrás de unos setos, pero la mamá de Susana no nos quitaba el ojo de encima, como si yo fuera un delincuente peligroso que estaba raptando a Susana. No sé por qué los papás y las mamás piensan que todos los niños que no son sus hijos son unos delincuentes peligrosos.

Entonces le di un beso a Susana en la mejilla. Susana me miró muy seria y me dio un beso y yo le di otro.

Cuando le iba a dar el tercer beso apareció la mamá de Susana y dijo que soy un sinvergüenza y que no entendía por qué la gente deja que sus hijos vayan por el parque asustando a las niñas indefensas. Yo le iba a decir que Susana no es ninguna niña indefensa, pero me estaba aburriendo de la mamá de Susana, porque es una espía, y me fui corriendo.

Estuve toda la noche soñando con las trenzas de Susana.

Cuando me encontré a Matías me dijo que había tirado a su gato Cucho en paracaídas desde el segundo piso.

—Es que le quedaban dos vidas, porque con los infartos gastó cinco, y los gatos tienen siete —dijo Matías.

Yo no le hice caso, porque estaba pensando en las trenzas de Susana.

—Parecía un gato en misión especial —dijo Matías—. Tendrías que haber visto la cara que puso, y se le erizaron todos los pelos.

—Déjame en paz —dije yo.

Vi a Pedro y me dijo que su padre se había caído en la bañera y le habían tenido que escayolar una pierna.

—No me importa nada —dije yo, porque estaba pensando en las trenzas de Susana.

Pedro se encogió de hombros y se fue corriendo. Es un pesado, siempre está gastando bromas. Cualquier día le expulso de la banda.

Carlos llegó a toda prisa y me pidió prestado un euro, porque había visto un bollo de oferta en la pastelería y decía que tenía un hambre brutal y que, si no le daba el euro, iba a morirse de inanición delante de mis narices y yo tendría la culpa.

Como estaba pensando en las trenzas de Susana y eso de la inanición me sonaba muy feo, metí la mano en el bolsillo del pantalón y encontré la moneda de un euro que le había ganado a Santiago jugando a las canicas.

Se la di y Carlos se fue pitando a comprar su bollo de oferta. Es un caradura Carlos. Tiene un morro que se lo pisa.

Todos los miembros de la banda parecían haberse puesto de acuerdo para molestarme ahora que estaba pensando en las trenzas de Susana, porque llegó Toto, el musculitos, y me retó a que hiciéramos una pelea de lucha libre.

—Es para entrenarme, Pepo, porque quiero ir a las Olimpiadas —dijo Toto, y yo le dije que me dejara tranquilo.

—¡Eres un rajado! —dijo Toto, a quien, como es un musculitos, le gusta provocar a todo el mundo, y se fue.

Apareció Jesús, que estaba muy sofocado, tanto que se le habían empañado las gafas.

—¿Qué te pasa? —le dije.

—Me persiguen los mellizos para pegarme —dijo Jesús, que es el hijo del director del colegio y se merece algo de respeto.

—¿Y a mí qué? —dije yo.

—Eres el jefe de la banda. Diles que no se metan conmigo —dijo Jesús, resoplando mucho.

Nunca pensé que los hermanos mellizos fueran tan terroríficos, porque Jesús estaba tan asustado como si hubiera visto un monstruo o, mejor dicho, dos.

Cuando llegaron Jorge y José me alejé para que arreglaran sus diferencias con Jesús, porque papá dice que no es bueno meterse en asuntos ajenos.

En mi segunda cita con Susana, ella me dijo que su mamá le había prohibido verme y que no tenía más remedio que romper nuestro compromiso, así que mi matrimonio con Susana se quedó en un caramelo y dos besos detrás de un seto.

De todas formas Susana tiene unas trenzas que echan chispas.

8

HAY QUE ELEGIR DELEGADO DE CLASE

MARTINA es la profesora de matemáticas. Me ha puesto unos cuantos ceros, pero es muy buena y la queremos mucho. Cuando el director se enfada con nosotros, ella nos defiende y dice que solo somos unos niños y que tenemos que aprender.

¡Es estupenda la profesora Martina! Me ha prometido que, si apruebo el próximo examen, me regala una caja de bombones.

—Me ha encargado el director que elijáis delegado de clase —dijo esta mañana la profesora Martina.

—¿Y eso qué es, señorita? —preguntó Aurora, que está sentada en la primera fila y es una pelota además de ser una empollona.

—Es como el Capitán Trueno —dijo Pedro, que siempre está haciendo bromas.

—¡Yo quiero ser delegado de clase! —dijo Jesús, levantándose del pupitre, y empezó a convencernos de que él era el más indicado para ser delegado de clase.

—¡Cállate, berzas! —le dijo Toto, que se sienta al lado de Jesús.

—¡No me da la gana! —dijo Jesús—. Yo soy el más responsable y tenéis que elegirme delegado de clase.

—Yo me voy a elegir a mí mismo —dijo Santiago, que casi es tan responsable como Jesús, porque su padre es capitán de barco y nunca está en casa y Santiago es el hombre de la casa.

—¡Silencio! —gritó la profesora Martina, que estaba cruzada de brazos junto a la pizarra.

A mí no me olía bien eso de que hubiera un delegado de clase, y le dije a la profesora Martina que estábamos bien sin delegado de clase.

—¿Qué es un delegado de clase? —repitió Aurora, cuya madre es cantante y dirige el coro del colegio.

—Un delegado de clase es un alumno que se hace responsable de sus compañeros ante los profesores —dijo la profesora Martina, que tiene mucha paciencia y no se enfada cuando nos peleamos.

—Por eso tengo que ser yo delegado de clase, señorita —dijo Jesús, que se había vuelto a levantar del pupitre.

—¡Tú eres un plomo, y un plomo nunca es delegado de clase! —dijo Toto.

Carlos levantó los brazos.

—Yo elijo delegado de clase al que me haga una buena oferta comestible —dijo.

—Siempre piensas en lo mismo —dijo Matías—. Eres un cochino tragón.

—¿Por qué no me elegís a mí? —dijo Susana—. Mi mamá me ha enseñado a coser y os podría coser una bufanda a cada uno.

—Eso es hacer trampa —dijo Jorge—. Hay que elegir libremente.

—Sí, sois todos unos tramposos —dijo José, que, como es hermano mellizo de Jorge, copia todo lo que dice su hermano.

—No discutáis —dijo la profesora Martina—. Os voy a dar unas papeletas para que pongáis el nombre del alumno al que votáis para delegado de clase, y luego me las devolvéis para que haga el recuento.

La profesora Martina repartió las papeletas.

—Vótame, que para algo somos amigos —me dijo Pedro.

—¡Chitón! —dije yo, porque el asunto del delegado de clase no me olía bien.

—Yo voto al que me invite a un bollo a la salida —dijo Carlos, relamiéndose.

—¡Eso está hecho! —dijo Santiago, porque le sobra el dinero.

—Os doy cinco minutos —dijo la profesora Martina.

Jesús se había levantado del pupitre y estaba haciendo campaña a su favor.

—Tenéis que votarme porque, además de ser el hijo del director, soy un alumno aplicado y con personalidad, y sabré defender vuestros intereses ante los profesores —dijo Jesús.

—¿Tú vas a defender mis intereses? —dijo Matías—. ¡Si tienes menos personalidad que un mosquito!

Jesús volvió a su pupitre con la cabeza gacha.

—Sois unos enfermos mentales —dijo—. Seguro que elegís a Carlos delegado de clase

y acabará haciéndonos chantaje a todos, ¡ya lo veréis!

—¿Tú qué tienes contra mí, cara de cartabón? —dijo Carlos, sacándole la lengua a Jesús.

—Os advierto que no vale votarse a sí mismo —dijo la profesora Martina—. Y sabré quién hace trampa, porque conozco vuestra caligrafía.

Lo que dijo la profesora Martina me dio una idea. Decidí votarme a mí, pero con faltas de ortografía, para que la profesora Martina pensara que me votaba Matías, que tiene muchas faltas de ortografía porque es el último de la clase.

—Ya han pasado los cinco minutos —dijo la profesora Martina, y recogió las papeletas y se puso a leerlas y a apuntar en la pizarra los nombres que habían sido votados.

Cuando terminó de leer todas las papeletas y de apuntar los nombres en la pizarra, la profesora Martina se quedó pensativa, mirando la pizarra como si fuera un monumento extraño de esos que he visto en la tele que hay en Japón.

—No lo entiendo —dijo la profesora Martina—, todos habéis recibido un voto.

—¡Qué bien! —dijo Pedro—. Eso me parece justo.

—¿Y quién va a ser ahora delegado de clase? —dijo Jesús, que se había puesto muy triste.

La profesora Martina no sabía qué hacer, porque todos los alumnos habíamos recibido un voto, y decidió llamar al director.

—¿Qué pasa aquí? —dijo el director, que tiene un bigote muy negro y es muy alto y siempre lleva un traje negro y no se parece a Jesús, aunque es su padre.

—Ya ve, señor director —dijo la profesora Martina—. He hecho el recuento, pero, mire la pizarra, todos los alumnos han recibido un voto.

El director se frotó la cabeza un rato, mirando la pizarra, y después nos miró a nosotros, uno por uno, como si fuéramos criminales. Incluso miró a su hijo Jesús como si fuera un criminal.

—Han debido elegirme a mí, papá —dijo Jesús.

—Cállate, hijo, que esto lo arreglo yo enseguida —dijo el director, muy serio.

—La culpa es de Carlos, señor director —dijo Pedro—, porque nos ha hecho chantaje a todos.

—Eres un sucio chivato —dijo Carlos.

—¡Ya está bien! —dijo el director—. Vosotros dos, salid de la clase castigados.

Pedro y Carlos salieron de la clase.

—¿Qué podemos hacer? —dijo la profesora Martina.

—No se preocupe, no se preocupe, no se preocupe —dijo el director, que cuando se pone nervioso repite muchas veces las palabras.

—Yo me quiero ir a mi casa —dijo Aurora, que le tiene mucho miedo al director.

—¡Eso, vámonos a casa! —dijo Susana.

—¡Silencio! —gritó el director, y volvió a mirarnos a todos uno por uno como si fuéramos criminales, incluso a su hijo Jesús—. Está claro que habéis hecho trampa, porque todos os habéis votado a vosotros mismos.

El director nos castigó sin recreo y se fue dando un fuerte portazo, como hace siempre que está furioso. El director había decidido que nuestra clase no tenga delegado de clase, porque dice que somos la ruina de la escuela y la estamos desprestigiando y no nos merecemos delegado de clase.

Yo estaba contento, aunque no saliéramos al patio a jugar durante el recreo, porque lo del delegado de clase no me olía bien.

Un delegado de clase es casi tan importante como el jefe de una banda.

9

MAMÁ ME LLEVA DE COMPRAS

HOY he ido con mamá de compras. Es fenomenal, porque mamá me lleva a muchos sitios y montamos en el metro y mamá compra muchas cosas en las rebajas y miramos trescientos escaparates o más.

Cuando mamá va de compras, se pone todavía más guapa que cuando vamos a la peluquería del señor Ángel. Se pone unas medias muy brillantes y suaves, y cuando vamos en el metro yo le acaricio las medias y mamá se pone colorada y me dice en voz baja que me esté quieto. No sé por qué mamá habla en voz baja cuando vamos en el metro.

—Hoy te voy a comprar unos zapatos que he visto de oferta —dijo mamá.

Yo me puse muy contento, porque los zapatos viejos estaban bastante rotos. Papá dice que gasto más zapatos que caramelos, y se enfada mucho cuando mamá me compra zapatos, pero a mí eso no me importa porque no es a mí al que regaña y yo estreno igual los zapatos.

Papá y mamá siempre están discutiendo por el dinero, porque papá dice que él gana más dinero que mamá y que mamá gasta más dinero que él.

En el metro hay mucha gente y como yo no me fío de nadie, porque todos tienen cara de espía, les hago muecas. Mamá se pone colorada, como cuando le toco las medias, y me dice en voz baja que me esté quieto.

—¿Te gustan los zapatos? —dijo mamá.

A mí me gustaban otros muy chulos que tenían una suela muy grande, porque al ponérmelos sería casi tan alto como Pedro, que es muy alto porque juega al baloncesto y se le han estirado los huesos.

—Esos no están de oferta, Pepo —dijo mamá.

Yo me enfadé y me puse a protestar.

—Son muy bonitos, y el niño ya se ha encaprichado de ellos —dijo el dependiente, que era un señor muy gordo que fumaba un puro, como el señor Ángel, y no dejaba de echar humo por la nariz.

Todos los dependientes son muy simpáticos porque cuando yo me pongo a protestar no se enfadan como otros adultos, y me dan la razón y le dicen a mamá que me compre lo que yo quiero.

Mamá resopló mucho.

—Tu padre me va a matar —dijo, y como yo seguí protestando y el dependiente siguió diciendo que yo me había encaprichado, mamá me compró los zapatos y yo crecí tres centímetros. «Cuando me vea Pedro se va a enterar», pensé.

Después miramos trescientos escaparates con carteles muy grandes que decían REBAJAS, y mamá se peleó con muchos dependientes y compró muchas cosas y me llenó los brazos de paquetes.

—Tu padre me va a matar —decía mamá cada vez que salíamos de una tienda, pero en cuanto veíamos otro escaparate con un cartel que decía REBAJAS, mamá se olvidaba de papá, miraba bien el escaparate, entrábamos en la tienda, mamá discutía un rato

con el dependiente, y yo me llenaba los brazos con un paquete más.

Es muy divertido ir a muchos sitios, porque ves muchas cosas, y cuando mamá y yo vamos de compras, mamá me trata como si fuéramos solo amigos, y no me regaña, porque está demasiado ocupada mirando los escaparates y peleándose con los dependientes.

—¿Quieres un chocolate con churros? —dijo mamá, y yo dije enseguida que sí.

Entramos en un sitio muy chulo, con helados, muchos bollos y muchas mesas y muchos niños.

¡Qué bien! Empezaban a dolerme los brazos de tantos paquetes.

—Tu padre me va a matar —dijo mamá cuando nos sentamos.

Mamá no lo dice en serio, porque si no estaría loca, y mamá es la más guapa del mundo, con sus medias brillantes y suaves y su cara pintada como un indio y sus zapatos de tacón que le doblan los tobillos.

Porque papá solo gruñe y pone cara de enfadado y le dice a mamá que no llegaremos

a fin de mes y empieza a contarle las facturas que hay que pagar. Y luego no pasa nada, porque mamá dice que ella también trabaja y que tiene derecho a gastar el dinero.

Lo peor es cuando papá y mamá se pelean porque los dos son unos vagos y no quieren hacer la comida ni lavar los platos ni planchar ni fregar el suelo y los dos dicen que vuelven muy cansados de trabajar. Yo también vuelvo muy cansado del colegio y por eso no hago nada, aunque mamá me regaña y dice que tengo que hacer las tareas de la casa.

Cuando vamos de compras, mamá me da muchos besos porque le pone muy contenta mirar trescientos escaparates y pelearse con los dependientes y llenarme los brazos de paquetes.

—Mamá, quiero una bicicleta —dije yo, y también dije que había visto una bicicleta de oferta en la tienda de Conrado, porque a mamá le gusta comprar todas las cosas de oferta.

—Eso sí que no, Pepo —dijo mamá.

Yo me puse muy serio y casi monto una escena, pero no lo hice porque había muchos niños en el sitio donde estábamos tomando el chocolate con churros y me daba vergüenza.

—¿Por qué no me la compras, mamá? —dije yo.

Mamá resopló mucho.

—Díselo a papá —dijo.

—Papá no quiere porque dice que hay que pagar muchas facturas —dije yo—. Pero Matías y Santiago y los mellizos tienen bicicleta y yo también quiero una.

Si hubiera sido en otro momento no le habría dicho a mamá lo de la bicicleta, pero cuando vamos de compras mamá está muy contenta y me da muchos besitos.

Mi mamá es la más guapa y la más buena del mundo.

Me hacían cosquillas los pies cuando entramos en la tienda de Conrado. Conrado no me miró como si yo fuera un delincuente, como hace otras veces, y su boca estaba llena de sonrisas y, al despedirme, me dio una palmada en la espalda.

Cuando entramos en casa con la bicicleta, papá se nos quedó mirando como si mamá y yo fuéramos criminales, y se puso rojo y se llevó las manos a la cabeza.

Pero yo le abracé enseguida y le di un beso muy grande para que no se enfadara con mamá.

ÍNDICE

1. La lagartija 7
2. El cumpleaños de Susana 15
3. La abuela de Santiago 22
4. Matías tiene un gato cardíaco 29
5. Se inunda la casa 37
6. Las cosas de papá 46
7. Las trenzas de Susana echan chispas 54
8. Hay que elegir delegado de clase .. 61
9. Mamá me lleva de compras 70